Geschichten von Daheim I

Dieses Buch ist noch einmal meiner bezaubernden Noom gewidmet, die mir nicht nur drei ganz phantastische, besondere Kinder geschenkt hat, sondern auch mit ihrer ganzen Natürlichkeit zeigte, dass man auch mit Wenig glücklich sein kann und vor allem klar gemacht hat, dass jeder Tag, an dem man nicht glücklich ist, ein verlorener Tag ist. Das
Leben ist viel zu kurz, um einen Tag im Unglück zu verlieren.

In ewiger Liebe

Michael

Geschichten von Daheim I

Oder, wie es bei Willkommen Daheim weitergeht!

Erzählungen

von

Michael Ritter

(Khun Miken)

Printed in Germany

Bibliografische Information der Deutschen Nationalbibliothek:

Die Deutsche Nationalbibliothek verzeichnet diese Publikation in der Deutschen Nationalbibliografie; detaillierte bibliografische Daten sind im Internet über http://dnb.dnb.de abrufbar.

© 2013 Name des Autors: Michael Ritter

Herstellung und Verlag: BoD – Books on Demand, Norderstedt

ISBN Nr. 9-7837-3227-8909

Inhaltsverzeichnis

Vorwort

Die Geschichte von Noom und mir scheint ja ziemlich viele Menschen echt bewegt zu haben, was ich aus vielen Zuschriften, E-Mails und Bewertungen bei Thalia und Amazon entnehmen konnte.

Des Öfteren wurde ich gefragt: „Wann gibt es denn endlich eine Fortsetzung?"

Nach dem das Leben ja an Niemanden spurlos vorübergeht, gibt es bei einer Familie mit 4 Kindern tatsächlich eine ganze Menge an Episoden, über die man entweder aus vollem Herzen richtig lachen kann, oder wo einem vor Entsetzen fast das Herz stehen bleibt.
Gott sei Dank überwiegen die positiven Erlebnisse deutlich, so dass es eine Freude ist, die von meinen Lesern gewünschte Fortsetzung zu Papier zu bringen.

Allerdings habe ich die Form des Romanes umgewandelt und bringe statt dessen eine lose Folge von Episoden, welche auch nicht unbedingt in der richtigen Reihenfolge sind, sondern ganz einfach so, wie sie mir eingefallen sind. Manchmal sind die Geschichten sehr kurz, manchmal etwas länger, eben ganz einfach Geschichten, so wie sie nur das richtige Leben schreiben kann, was mich spontan einen der größten Deutschen Kabarettisten erinnert, nämlich Gerhardt Polt und seine damals schon fast legendäre Fernsehsendung: „Fast wie im richtigen Leben", womit dieser Titel leider schon belegt ist und von mir nicht mehr verwendet werden kann.

Alle Fotos wurden entweder von mir oder meiner Frau geschossen, so dass keinerlei Urheberrechte verletzt werden können.

Ich hoffe, verehrte Leserinnen und Leser, dass Sie beim Lesen dieser Erzählungen eben so viel Freude haben, wie bei meinem Roman: Willkommen Daheim, mir hat es ebenfalls eine gute Portion Freude bereitet, die ganzen Ereignisse zu Papier zu bringen um sie für meine Familie und meine Leser zu erhalten.

Ihr

Michael Ritter
    alias
Khun Miken

Mister No problem

Zuerst muss ich einmal zu meiner großen Schande gestehen, dass ich mich anfänglich in Thailand sehr wenig um Politik gekümmert habe, da mir ja als Ausländer kein Wahlrecht zusteht und man auch sonst einer ganzen Menge von Willkürlichkeiten ausgesetzt ist, an denen man alleine nichts ändern kann.

Eines Tages, es war noch in Hua Hin, im Cafe de Paris, zu Zeiten wo ich noch mit Hans das Restaurant führte. Damals war es für das thailändische Kabinett üblich, wenn der König in seiner Sommerresidenz Hua Hin weilte, einmal in der Woche, meist am Freitag, nach Hua Hin zu reisen um den König über das politische Tagesgeschehen zu informieren.

Es war am Abend eines schönes Herbsttages. Unser Restaurant lag in der Dechanuchet Road, das ist die Verbindungsstraße vom weltberühmten Nachtmarkt in Hua Hin zum Hafen.
Plötzlich tauchten in unserer Straße Unmengen von uniformierten und bis an die Zähne bewaffneten Polizisten auf.
Am Rande ganz interessant, in der thailändischen Umgangssprache Ist das Wort für den Polizist Polyp. Der Thai ist also tatsächlich der einzige Mensch auf der Welt, der zu einem Polizisten ungestraft Polyp sagen darf.
Unser Restaurant lag zwischen einem Schneiderladen und einem chinesischen Elektrogroßhandel. Die dominierende Farbe, innen und außen war ein warmer

Grünton, der Schriftzug Cafe de Paris prangte in Gelb darüber.

Links und rechts von unserem Lokal stellten sich plötzlich jeweils zwei bewaffnete Polizisten in Position und ich bekam Angst, was diese Armada mit unserem Laden wohl vorhatte, denn ich war mir keinerlei Schuld bewusst, dass ich irgendetwas ungesetzliches getan hätte.

Das Restaurant war an diesem Tag nicht sonderlich gut besucht, es war sogenannte: low season, da die Saison in Hua Hin erst Mitte November, nach Hloy Khratong beginnt, wenn die Regenzeit in den meisten Teilen Thailands zu Ende ist und die sogenannte Trockenzeit beginnt.

Ein offensichtlich sehr hochrangiger Polizist betrat das Lokal. An seiner khakifarbenen Uniformjacke prangten mindestens fünf Reihen an Ordensspangen, eine goldene Schnur am rechten Schultergelenk sowie jede Menge weiterer Abzeichen. Seine Mütze saß korrekt, so als ob er zum Aufsetzen ein Lineal und einen Zirkel benutzt hatte. Die schwarzen Lackschuhe blitzten so sauber, man konnte fast glauben, dass diese frisch aus dem Regal des Schuhladens kamen, denn man konnte sich in ihnen regelrecht wie in einem Spiegel sehen. Aber selbst die Schuhe gewöhnlicher Straßenpolizisten blitzen in Thailand in einem so perfekten Polishglanz, dass man sich schon manchmal fragt, wie die das machen, denn schließlich sind sie ja den ganzen Tag unterwegs und die Straßen Thailands sind sicherlich staubig.

Der Polizist musterte mit prüfendem Blick alle Gäste, dann kam er zu mir:

„Sie werden gleich sehr hochrangigen Besuch bekommen. Der Herr will nicht erkannt werden, geben Sie ihm einen einzelnen Tisch und sorgen Sie dafür, dass er nicht gestört wird!"

Eigentlich wollte ich lauthals herauslachen, da will einer nicht erkannt werden und macht aber einen riesen Wirbel mit einer Polizeiarmada von wenigstens 30 Polizisten. Doch wenn ich lauthals herausgelacht hätte, dann wäre das für den Polizisten sehr beleidigend gewesen, so musste ich mich gehörig zusammenreißen und ein ernstes Gesicht machen.

„Wer will uns hier denn besuchen fragte ich mit regem Interesse.

„Das tut nichts zur Sache, es ist ein Politiker, der aus einem mir nicht bekannten Grund, gerade ihr Lokal besuchen möchte!"

Mehr war aus dem guten Mann beim besten Willen nicht herauszukommen. Nach maximal 5 Minuten war unsere Straße faktisch gesperrt, es durften keine privaten Autos und Motorräder mehr fahren. Dann hielt plötzlich, mit quietschenden Pneus, eine schwarze, Mercedes Stretch Limousine. Bis dahin hatte ich gar nicht gewusst, dass es das überhaupt gibt. Vorne, am linken Kotflügel gab es einen gelben Wimpel und am rechten Kotflügel war eine kleine, thailändische Flagge als Stander angebracht.

Sofort eilte einer der vielen Polizisten hinzu, öffnete die rechte, hintere Tür. Ein Mann von geschätzt 55 – 60 Jahren stieg aus. Sein Gesicht kam mir tatsächlich aus dem Fernsehen bekannt vor, aber ich wusste beim besten Willen nicht, wer es war. Das kommt davon, wenn man sich nicht mit Politik beschäftigt.

Im Gefolge von zwei weiteren Polizisten betrat er das Lokal. Für einen Thai war er relativ groß, grob geschätzt, 1,7 Meter, nicht schlank aber auch nicht dick, man kann sagen gut genährt. Die dunklen, kurzen Haare wurden von einigen, grauen Strähnen durchzogen. Der maßgeschneiderte Anzug war sandfarben und vermutlich sündhaft teuer. Das Jacket trug er offen, darunter kam ein weißes Hemd zum Vorschein, dessen Bügelfalten messerscharf aussahen. Die im exakt dem gleichen Farbton gehaltene Krawatte, wie der Anzug, war mit einem Windsorknoten perfekt gebunden, so gesehen ein echter Dressman.

„Einen schönen guten Abend," grüßte der Thai in einem perfekten Deutsch.
Das war schon einmal die erste Überraschung. Dann gab es seinen Polizisten einen energischen Wink, was wohl so etwas wie:
„Verschwindet!"
heißen sollte, denn unmittelbar danach entfernten sich die zwei Beamten, welche mit dem Mann das Lokal betreten hatten. Nur der Hochrangige blieb, stellte sich in die Nähe des Kücheneinganges und beobachtete das Lokal mit geschäftiger Miene..

Ich führte den seltsamen Besucher an einen freien Tisch, in der Nähe des Fernsehers (der darf in keinem Lokal in Thailand fehlen, schlimmer als in Amerika), der auch durch das Fenster nur schwer einsehbar war. Dort bat ich den Mann Platz zu nehmen und reichte ihm eine Speisekarte. Als erstes zog er sein Jacket aus, sofort eilte der Polizist hinzu, nahm es ihm ab und hielt es über dem Arm.

Ich deutete ihm an, dass wir auch eine Garderobe hatten, aber das lehnte er ab, die Jacke seines Herrn durfte nicht irgendwo hingehängt werden, sie war Gegenstand seiner schärfsten Bewachung.
Es war wieder einmal einer der Tage, an denen Hans nicht zur Arbeit erschien und das war mir in dieser Situation ehrlich gesagt ganz recht so.

Mein Gast wälzte förmlich die Speisekarte, von vorne nach hinten und dann wieder zurück.
Zuerst glaubte ich, dass er nicht richtig verstand, aber unsere Karte war in drei Sprachen geschrieben, also wartete ich in aller Bescheidenheit und Demut, was nicht unbedingt meine Stärke ist, ab.
Dann winkte er mich zu sich und fragte mich:
„Wie heißen Sie denn?"
„Ritter," antwortete ich.
„Den Vornamen meine ich!"
Er sprach wirklich ein vorzügliches Deutsch, was man bei den meisten Thais nicht erwarten kann, da sie zumindest mit dem r ein generelles Problem haben und statt dessen immer ein l sprechen
„Michael, Sie sprechen wirklich ein hervorragendes Deutsch," antwortete ich anerkennend.
Er lachte freundlich, ob dieses Komplimentes:

„Ich habe in Deutschland mehrere Jahre politische Wissenschaften studiert, ist also keine Hexerei und ich freue mich, wenn ich hin und wieder einmal Deutsch reden kann, da bleibt man in Übung und das ist wichtig, denn die kleinen grauen Zellen vergessen schnell, wenn sie nicht gefordert werden!

Man nennt mich im übrigen Mr. No Problem und jetzt bringen Sie mir als erstes ein gutes, kühles gezapftes Bier in bayerischer Größe, ich meine damit mindestens ein halber Liter!"

Ich eilte zu unserer Zapfanlage und zapfte ihm ein großes Bier. Die normale Größe in Thailand ist lediglich 0,3 Liter und wenn man Pech hat nur 0,2 Liter, wie zum Beispiel in den Vergnügungsbetrieben in Pattaya. Ist ja keine Hexerei, billiges Bier zu verkaufen, man muss nur die Bezugsgröße klein genug machen.

Mister No Problem setzte an und trank in einem Zug das Glas leer, rülpste so dezent wie er nur konnte und bemerkte:

„Ein gutes Bier, scheint Carlsberg zu sein, noch eines bitte!"

Dann bestellte er:

„Also, zuerst einmal Ihre frische Tomatencremesuppe, danach Ihr Schweinebraten mit frischen Petersilienkartoffeln!"

„Alles OK, dann geh ich in die Küche!"

Das war das Problem, wenn Hans nicht da war, da musste ich Bedienen und die Europäische Küche gemeinsam machen, für eine weitere Bedienung hatten wir zu dieser Zeit kein Geld. Die thailändische Küche oblag meiner Frau und mit diesen extrem leckeren Menüs hatten wir auch den größten Erfolg.

In der Küche stand Noom. Sie hatte von allem noch nichts mitbekommen, war sozusagen ahnungslos.

Unsere Küche war nicht sonderlich groß, alles in allem etwa 9 Quadratmeter, aber sehr zweckmäßig eingerichtet. Wenn wir zu Zweit arbeiteten, wurde es manchmal sehr eng, da Noom mit ihren Woks eine Menge Platz benötigte.

„Wenig los heute, oder?"

Die Ärmste hatte wirklich keinerlei Ahnung, also erzählte ich:

„Wir haben drei Gäste, die zwei, die Du bekocht hast und dazu einen neuen Gast, der nennt sich Mr. No Problem, keine Ahnung wer das ist, aber er schleppt eine Menge Polypen mit sich herum, welche die ganze Straße und den Laden von uns blockieren! "

Schwups, so schnell konnte ich gar nicht schauen, war meine Noom an der Tür und sah mit neugierigem Blick durch einen winzigen Spalt in das Lokal, dann kam sie zurück, abwechselnd blass und puterrot:

„Weißt Du nicht wer das ist, das ist Chuan Lek Pai, der Ministerpräsident. Das Kabinett war heute beim König deshalb ist er hier. Das ist wirklich eine große Ehre für uns!"

Meine Noom unterstützte mich, so gut sie konnte, pürierte die Tomaten besonders fein, kochte die Kartoffeln und schmeckte die Soße ab, gab extra noch einen zusätzlichen Schuss Sahne dazu, denn bei so prominenten Gästen darf man nicht sparen, meinte sie.

Der Gast aß mit sichtlichem Genuss, was auch mich freute, denn so konnten wir wenigstens einen guten Eindruck machen.

Als er fertig war, bat er mich an den Tisch:

„Jetzt bringen Sie zwei Bier, denn Sie trinken sicherlich auch eines und dann setzen Sie sich zu mir!"

Behutsam versuchte ich mich der Situation zu entziehen; „Ich koche hier die Deutsche Küche und bediene auch noch, ich glaube, dass ich keine Zeit dazu habe!"

Chuan Lek Pai lachte lauthals:

„Glauben Sie wirklich, dass, so lange ich hier sitze noch ein Gast Ihr Restaurant betreten wird?"

„Ich hoffe schon, wir haben einen guten Ruf und müssen von unserem Geschäft hier leben!"

Wieder lachte er aus vollem Hals, dann erklärte er mir: „Meine Leibwächter stehen draußen vor der Tür und solange ich hier drin sitze, lassen die Niemanden herein. Aber keine Angst, ich werde sie dafür entschädigen, bei Ihnen gefällt es mir."

Das wird ja spannend, dachte ich mir, ging noch mal kurz in die Küche, um Noom zu berichten.

„Du darfst bei ihm am Tisch sitzen, Du wirst noch berühmt werden. Ich mache zum Bier noch ein paar knusperige Frühlingsrollen, damit es besser schmeckt!"

Ich verschwand wieder in die Gaststube, zapfte zwei Bier und setzte mich zu dem hochrangigen Gast.

„Na, dann Prost Michael," er hob sein Glas und stieß mir an, „der Hauptgrund hierherzukommen ist eigentlich, dass ich mich endlich wieder einmal auf Deutsch unterhalten will, denn Deutsch ist eine schwere Sprache und wenn man nicht beständig in Übung bleibt, dann hat ganz schnell eine Menge vergessen. Im Übrigen kann man Ihre Deutschen Politiker schon sehr überraschen, wenn man mit Ihnen Deutsch spricht. Auch wenn die offiziellen Gespräche immer über Dolmetscher geführt werden, sie wissen immerhin, dass ich ihr heimliches Geflüstere verstehe, das ist ein großer Vorteil im Gespräch. Und dann wurde ich von Jemanden beauftragt, zu erkunden, ob die Phanoom, welche hier kocht, mit der Noom identisch ist, welche früher die Chefköchin im Melia Hotel war!"

Jetzt war ich von den Socken, das Verschwinden meiner Noom aus dem Melia Hotel war also schon bei der Regierung von Thailand aktenkundig.

In diesem Moment brachte Noom mit einer tiefen, demütigen Verbeugung, die Frühlingsrollen, stellte sie zusammen mit der süß-scharfen Sauce auf den Tisch. Dann machte sie einen unterwürfigen Weih, die Hände in Höhe der Augen zum Gruß gefaltet.
Der Ministerpräsident strahlte sie mit einem breiten Lächeln an:
„Ja das ist sie, ich werde frohe Kunde verbreiten können. Noom, setzen Sie sich, trinken Sie mit uns ein Bier und dann erzählen Sie mir die Geschichte aus dem Melia Hotel, wie sie wirklich war!"
Das sagte er natürlich auf Thai. Noom wurde feuerrot im Gesicht, eine völlig unerwartete Ehre wurde ihr zuteil, sie verbeugte sich mindestens drei Mal, faltete ihre Hände zum Weih und bedankte sich unterwürfig für die Einladung. Darauf bestellte sie bei mir ein Bier und dann brach es aus ihr heraus, der ganze Frust, der sich über

ihre fristlose Entlassung damals aufgestaut hatte kam nun an die Oberfläche und zum Teil unter Tränen berichtete sie, was sich damals zugetragen hatte, stellte mich dabei in ein fast glorifiziertes Licht und beschrieb mich als ihren Lebensretter.

Das ging fast eine halbe Stunde, Noom erzählte einfach alles, von ihrer Entlassung, über ihren Aufenthalt in Deutschland, bis zur Eröffnung des Lokales. Es tat ihr sichtlich gut, mit Jemanden über diese Dinge reden zu können. Ich füllte derweilen nur immer wieder die Biergläser.

Man muss dazu erklären, dass das Gebäude des Melia Hotels im Eigentum des Königs war (jetziges Hilton Hotel) und nur an die Melia Gruppe vermietet war. Wenn der König sich in seiner Sommerresidenz Hua Hin aufhielt, kam er in der Regel, ein mal pro Woche in sein Hotel zum Essen und Noom schien offenbar eine seiner liebsten Köchinnen zu sein.

Chuan Lek Pai hörte Noom sehr interessiert zu, schrieb immer wieder einige Details in ein kleines Buch, das ihm der wachhabende Polizist aus seiner Jackettasche brachte. Als Noom fertig war lehnte er sich zurück, dann erzählte er, einmal auf Thai zu Noom und dann in Deutsch zu mir:

„Ja, das gab damals ein ziemliches Theater, der Hotelmanager stellte alles etwas anders dar, aber man hat sich schon gedacht, dass sich Phanoom nichts hat zu Schulde komme lassen. Der Hotelmanager wurde mittlerweile selbst entlassen, die Willkür wurde somit gerächt!"

Und dann unterhielten wir uns bis weit nach Mitternacht über Gott und die Welt, erst gegen drei Uhr Morgens verließ uns unser hoher Gast:

„Nun wird es Zeit, dass ich in mein Bett komme, das Bier schmeckt gut, aber es zeitigt auch seine Wirkung. Was macht die Rechnung?"

Ich rechnete zusammen und kam auf fast zweitausendfünfhundert Baht. Er rief zu seinem Leibwächter:
„Bringen Sie mir mein Jacket!"
Dann zückte er seine Geldbörse und legte 10.000 Baht auf den Tisch mit der Bemerkung:
„Ihr habt mich wirklich gut unterhalten, nehmen Sie das als Belohnung und als Schadensersatz dafür, dass sonst kein Gast mehr kommen konnte!"
Dann griff er in eine andere Tasche, zog eine Visitenkarte heraus und drückte sie mir in die Hand:

„Wenn Sie einmal meine Hilfe brauchen sollten, hier ist meine Karte. Überlegen Sie aber bitte ganz genau, ob Sie diese Hilfe wirklich benötigen und ob ich persönlich sie Ihnen auch wirklich geben kann."

Dann zog er einen kleinen Sender aus der Tasche, drückte auf einen Knopf und kaum zwei Minuten später hielt der Mercedes wieder vor der Tür, diesmal allerdings lautlos.

Er drückte uns die Hand, bedankte sich nochmals und verschwand, innerhalb weniger Minuten waren alle Polizisten in der Dechanuchet Road wieder verschwunden und selbst der Verstoß gegen die Polizeistunde (24 Uhr) hatte Niemanden wirklich interessiert.

Normalerweise wäre die Geschichte an dieser Stelle zu Ende, aber einige Zeit später, wir lebten da in Nakhon Ratchasima, nutzte ich diesen Kontakt tatsächlich und durfte eine sehr angenehme Überraschung erleben.

Die Visaregelung für Ausländer ist ziemlich deprimierend und auch umständlich, sowie teuer.
Im Normalfall hat man ein Jahresvisum mit unbegrenzt vielen Einreisen. Wenn Sie nun in Thailand ankommen, erhalten sie ein Visum über maximal 90 Tage. Nach dieser Zeit müssen sie über die Grenze, in eines der Nachbarländer, rein und wieder raus, also Visum für Laos, Kambodscha oder Malaysia und Fahrtkosten. Nach einem Jahr braucht man dann ein komplett neues Visum, dazu muss man aber eine thailändische Vertretung im benachbarten Ausland aufsuchen. Das kostet dann 120 Euro plus Fahrtkosten und mindestens drei Hotelnächte, die man auf das Visum warten muss.

Als wir damals nach Baang Mei zogen, hatten wir wirklich nicht viel Geld und für das Visum ging mindestens der Ertrag von einem Monat und für das Jahresvisum der Ertrag von zwei Monaten drauf.

In dieser Situation schrieb ich an Chuan Lek Pai.

Ich bezog mich auf unser Gespräch in Hua Hin, erklärte ihm die Situation, legte sogar die Kopie meiner Buchführung bei und alle Belege, für die Erteilung eines Jahresvisums auf der thailändischen Botschaft in Vientiane in Laos. Das Schreiben verfasste ich absichtlich in Deutsch.

Eigentlich dachte ich mir, dass der Ministerpräsident meine Zeilen gar nicht zu Gesicht bekommen würde, aber nach schon knapp drei Wochen bekam ich Antwort. Die sah zunächst so aus, dass uns der Postbote einen Abholschein brachte, mit dem wir aufgefordert wurden, auf dem Rathaus in Soeng Sang ein Schreiben des Ministerpräsidenten der thailändischen Regierung abzuholen. Das ist ein offizieller Akt, das heißt, wenn der Postbote so etwas zustellt, dann zieht er tatsächlich eine Uniform an und kommt in Begleitung eines Polizisten, der die Übergabe bezeugen muss.

Nachdem in Thailand die Buschtrommeln besser funktionieren, als im tiefsten Busch Afrikas wusste jeder in 20 Kilometer Umkreis, dass mir, dem Fallang Khun Miken, der Ministerpräsident persönlich ein Schreiben zukommen ließ.

Auf dem Rathaus große Prozedur. Es ist ja schon sehr ungewöhnlich, dass der Ministerpräsident einem Fallang ein persönliches Schreiben zukommen lässt. Plötzlich war ich sozusagen der VIP der Provinz.
Amtliche Gebäude sind im Übrigen ziemlich leicht zu erkennen, denn sie sehen ein wenig wie die zahlreichen Tempel aus und am Eingang ist immer eine riesige,

schwarze Granittafel, in der in goldenen Buchstaben Sinn und Zweck des Gebäudes eingraviert werden.

Der Bürgermeister höchstpersönlich überreichte mir den Brief, dazu musste ich mindestens drei Dokumente unterschreiben, die den Empfang bestätigten.
Dann setzte der Bürgermeister geschäftig seine Brille auf, öffnete den Umschlag und erklärte ganz feierlich:
„Auf dem Umschlag steht anweisend geschrieben, dass meine Behörde den Brief zu öffnen, ihn vorzulesen und dann zu beglaubigen, sowie zu übergeben hat!"

Da war ich jetzt aber gespannt, mit einem derartigen Trara hatte ich ja beim besten Willen nicht gerechnet.
Dann begann der Bürgermeister vorzulesen, er hatte extra noch einen Beamten zugezogen, der notdürftig Englisch sprach:

„Hiermit erkläre ich, dass Herr Michael Ritter, genannt Khun Miken, Gast der thailändischen Regierung ist und für die Dauer seines Aufenthaltes kein Visum benötigt.
Dieses Schreiben ist mit einem Lichtbild des Herrn Ritter zu versehen und von der örtlichen Behörde in Soeng Sang zu beglaubigen.
Gezeichnet:
Chuan Lek Pai
Ministerpräsident

Das war der Hammer, bis heute frägt mich kein Polizist in Soeng Sang mehr, ob ich ein Visum habe.
Der Bürgermeister erklärte mir groß und breit, dass dieses Schreiben nur einmalig wäre, das heißt, wenn ich Thailand

das nächste mal verlasse, bekommt die Immigration am Flughafen dieses Schreiben und ich könnte damit so lange bleiben, wie ich wollte.

Auf diese Weise konnte ich die Visakosten für ein Jahr sparen, bis ich wieder nach Deutschland zum Arbeiten ging.

Chuan Lek Pai war einer der besten Ministerpräsidenten, die Thailand je hatte. Der König selbst hatte ihn 1997, als die Wirtschaftskrise in Asien begann eingesetzt. Um ihn und seine Denkweise etwas genauer zu beschreiben, eine Anekdote von 1998 oder 1999. Damals gab es eine Terrorgruppe, die mehrfach Anschläge von Burma (heutiges Myanmar) aus in Thailand verübte, sie nannte sich: Leuchtender Pfad.

Irgendwann in dieser Zeit, überfiel diese Terrorgruppe das Krankenhaus in Lopburi, eine Stadt, ca. 100 Kilometer nördlich von Thailands Hauptstadt Bangkok und nahm sämtliche Patienten als Geiseln.

Die Antiterrorgruppe rückte an, eine halbe Stunde später gab es sechs tote Terroristen, keinem Patienten geschah ein Leid.

Dann, ein großer internationale Aufschrei von Presse und Amnesty International, vier der Terroristen hatte man in den Rücken geschossen.

Chuan Lek Pai trat im Fernsehen vor die Weltpresse und gab die wahrscheinlich kürzeste Erklärung seiner Regierungszeit:

„Eine Antiterroreinheit hat nur einen Sinn, wenn sie freie Hand hat, zu entscheiden, wie eine Situation am besten zu bereinigen ist.

Im übrigen sind mir sechs tote Terroristen welche sowieso die Todesstrafe zu erwarten hatten lieber, als auch nur ein toter Patient dieser Klinik.

Das Verfahren wurde sozusagen nur abgekürzt und dabei möchte ich es bewenden lassen, ich habe dem nichts hinzuzufügen!"

Erste Begegnung mit Prayad

Als wir begannen, in der Low season das Lokal am Nachmittag zu schließen, hatten wir sehr viel freie Zeit, die Umgebung von Hua Hin mit unserem Motorrad und später dann mit unserem Uralt Toyota Charly, zu erforschen.
Ein Platz hatte es uns dabei besonders angetan, Wat Khao Tao, ein buddhistisches Kloster ca. 18 Kilometer südlich von Hua Hin.
Manchmal wollte Noom einfach nur schlafen, dann fuhr ich alleine mit unserer Kawasaki Boss.
Die Fahrt geht durch den halben Ort in Richtung Süden, vorbei am Affenfelsen Khao Takiab, einem der beliebtesten Ausflugsziele für Touristen, weiter Richtung Pran Buri. Es ist eine wunderschöne Straße, man fährt an Ananas- und Bananenplantagen vorbei, sieht wildwachsende Orchideen in den prächtigsten Farben. Dann kommt ganz unscheinbar eine Abzweigung nach links, Richtung Khao Tao, wer nicht weiß, was oder wo das ist, fährt unweigerlich daran vorbei und doch ist Khao Tao (siehe Umschlagbild) einer der schönsten Orte Thailands.
Es ist ein äußerst idyllischer Ort, eine Klosteranlage, ins Meer hineingebaut, in der fast alle buddhistischen Richtungen vereinigt werden, einfach gesehen, Ökumene auf Buddhistisch.
Am schönsten ist der japanische Zen Tempel, ca. 20 Meter über dem Meer, auf einer künstlichen Insel an eine steil aufsteigende Felswand gebaut.
Er wirkt rund, ist aber eigentlich ein Sechseck. Rundherum um das niedrige Geländer aus glasierter Keramik, sind

ebenso keramische Sitzbänke, die den Besucher zum andächtigen Verweilen einladen.

Der japanische Tempel von Khao Tao

Und in der Mitte, die japanische Buddha Statue, zu erkennen an der niedrigen Tiara und dem blauen Stein auf der goldenen Stirn. Die ganze, vergoldete Figur ist nur circa hundertzwanzig Zentimeter groß, sie sitzt auf einem vergoldeten Steinpodest mit rotem Polster. Die rechte Hand ist segnend bis zur Brusthöhe erhoben, die Linke ruht auf dem linken Oberschenkel des im Lotossitz dasitzenden Bildnisses.

25

Es ist ganz einfach ein beschaulicher Ort, der eine intensive Ruhe ausstrahlt, der man sich nicht entziehen kann.

Direkt neben dem Tempel ist noch eine riesige, goldene Schildkröte, auf welche Kinder mit Begeisterung klettern, um sich darauf fotografieren zu lassen.

Der Abt legt keinen Wert auf Touristen, da sie seiner Meinung nach nur auf Sehenswürdigkeiten aus sind und am Wort Buddhas und seinem Glauben nicht interessiert sind. Deshalb taucht dieser Ort in so gut wie keinem Reiseführer auf, einfach weil der Art an Werbung für seine Tempelanlage nicht interessiert ist und die Idylle so lange wie möglich beibehalten möchte.

Und gerade diese Einsamkeit in diesem Zen Tempel, mit seiner himmlischen Ruhe, das nur vom monotonen Anschlagen der Dünung an der Felswand unterbrochen wurde war für mich ein Ort der schönsten Entspannung.

Hier war ich tatsächlich in der Lage, der Forderung der Zen Meditation nachzukommen:

Das Nichtsdenken zu Denken.

Hier konnte ich stundenlang ausharren und es passierte mehr als einmal, dass mich meine Noom anrief, weil ich Zeit und Raum vergessen hatte und es an der Reihe war, das Restaurant wieder zu öffnen.

Eines Tages, ich saß wieder einmal vollkommen alleine in meinem Lieblings Zen Tempel, hörte ich eine Stimme:

„Hey Fallang!"

Ich erschrak, denn die Stimme klang so real und richtig laut, aber nur in meinem Kopf. Trotzdem war sie angenehm und nicht aufdringlich.

Niemand war in meiner unmittelbaren Umgebung, 20 Meter weiter, im Tempel von Rama IV stand ein Buddha, aber der hätte brüllen müssen, damit ich ihn bei dem Wellengang hätte hören können.

Wieder die Stimme:

„Hey Fallang, wer bist Du?"

Ich dachte ich spinne, der Buddha 20 Meter weiter hatte seine Lippen nicht bewegt, aber er lächelte zu mir herüber. Er hatte ganz kurz geschorene Haare, war barfuß und trug den typischen, orangen Umhang, der thailändischen Mönche.

Scheiß Spiel, dachte ich, „das gibt es doch nicht", dachte ich erschrocken.

„Ein herzliches Lachen ertönte in meinem Kopf, doch das gibt es, siehst Du mich nicht, ich stehe hier im nächsten Tempel.

Ich sah hinüber, der Buddha hob seine Hand und winkte zu mir herüber.

„Na, sagst Du mir wer Du bist, ich beobachte Dich schon lange Zeit, Du kommst immer wieder und ehrst diesen Ort in Ruhe und Meditation, das gefällt mir! Du scheinst mir kein Tourist zu sein, die in der Regel solche Orte nur entehren, schau nur nach Khao Takiab und dem Rummel!"

Das war ja ein Phänomen, der Buddha konnte mir seine Gedanken senden und meine Lesen.

Von so etwas hatte ich zwar schon gelesen, aber diese Geschichten immer in das Reich der phantastischen Erzählungen verbannt, auf jeden Fall niemals auch nur im entferntesten daran geglaubt, dass es so etwas im richtigen Leben gibt.

„Ich heiße Miken und finde dies einen unheimlich schönen Ort, wo man wundervoll wieder zu sich selbst finden kann, aber wie machst Du das?"

Nun kam er zu mir herüber, lachte freundlich und streckte mir seine rechte Hand entgegen:

„Sei gegrüßt Miken, mein Name ist Prayad, ich bin der Abt hier und habe den größten Teil der Tempelanlage mit meinen Mönchen selbst erbaut und sämtliche Fresken, die Du hier siehst, habe ich selbst mit meinen eigenen Händen gemalt, das ist mein Hobby. Ich bin nun schon 20 Jahre lang Mönch und wenn Du regelmäßig meditierst, wirst auch Du Fähigkeiten erlangen, die Du nicht für möglich hältst.

Die Telepathie war, wie viele andere Fähigkeiten dieser Art, früher wesentlich mehr verbreitet und ging letztendlich mit der Zivilisation verloren. Das interessante daran ist, dass es in der Telepathie keine Sprachbarrieren gibt, sie sendet vermutlich energetische Wellen, auf diese Weise ist es möglich, dass wir uns unterhalten können, ohne dass ich der englischen Sprache mächtig bin und Du die hiesige Sprache sprechen musst."

Nun entspann sich eine angeregte, telepathische Unterhaltung. Es ist schon verblüffend, kaum denkt man etwas, schon erhält man eine Antwort darauf und ich dachte dabei an die Kinderreime wo es dann einmal hieß. Drinnen saßen stehend Leute, schweigend ins Gespräch vertieft!

Natürlich war dieses in unser Kindheit und Jugend eine Aneinanderreihung von Nonsens, der aber hier tatsächlich zum Teil Realität wurde.

Prayad erzählte mir aus seinem Leben, dass er Sohn ein
großen Verlegers sei, der in seiner Jugend wirklich alles
genossen hatte um dann im Alter von 28 Jahren vor der
Entscheidung zu stehen, entweder vom höchsten Tower
von Bangkok zu springen oder ins Kloster zu gehen, er
entschied sich für das Kloster.

Prayad mit mir

Er fragte mich nach meiner Religion und ich antwortete:
„Ich glaube, ich bin ein christlicher Buddhist, denn ich
glaube neben den Lehren Buddhas auch daran, dass es
einen Gott für uns Menschen gibt!"
Sein Gesicht wurde für einen kurzen Moment ernst, dann
lächelte er wieder und sandte mir seine Gedanken:
„Ein ganz kleiner Fehler in Deiner Aussage, Du musst
sagen, dass Du ein buddhistischer Christ bist. Buddha hat

nichts dagegen, dass Du auch an einen Gott glaubst, aber Dein Papst hat etwas dagegen, dass Du an Buddha glaubst! Im übrigen finde ich Deine Aussage sehr philosophisch, wenn alle so denken würden, könnte eine Menge Blut auf der Erde weniger vergossen werden!"

Wir unterhielten uns angeregt, es war eine wirklich spannende Unterhaltung in einer sehr ungewöhnlichen Art und Weise, sowie der Beginn einer langen Freundschaft.

Das ging solange, bis Noom anrief:
„Miken wo bleibst Du denn, die ersten Gäste sind schon da komm schnell!"

Also verabschiedete ich mich und fuhr zurück. Seit diesem Tag verbindet mich mit Prayad eine tiefe, angenehme Freundschaft, auch mit der entsprechenden Freude, sich wieder zu sehen,

Carabao

Ich möchte es einmal so ausdrücken, Ed Carabao ist der Peter Maffei Thailands nur dass er mindestens drei mal so viel Tonträger verkauft hat.
Jedes Kind kennt die Lieder von Carabao, die meisten sogar auswendig. Carabao ist ganz einfach eine Legende, die Musik verkörpert fast alle Richtungen, von Country bis Rock, von Blues bis hin zur Volksmusik oder auch buddhistisch religiösen Chorälen. Viele der Lieder sind sozialkritisch, manche regelrecht revolutionär.

Es kursiert die Geschichte, vor 30 Jahren, zur Zeit der Militärregierung hatte man Ed Carabao wegen seiner sozialkritischen Liedertexte als Kommunisten in das Gefängnis gesperrt. Der König ließ den Chef der Militärregierung bei sich antreten und fragte ihn, ob es nicht besser sei, diesen kommunistischen Revoluzzer freizulassen, denn wenn alle seine Lieder lieben, gäbe das nur einen unnötigen Aufstand und wäre er frei, dann würde er mit seinen Liedern viel Geld verdienen und wäre damit auch kein Kommunist mehr.
Noch am selben Tag ließ die Militärregierung Ed Carabao (Carabao der Büffel) frei,
Der König hat Recht behalten, Ed Carabao zählt heute zu den reichsten Männern des Landes, er macht mit seiner Lippofabrik in Thailand Red Bull Konkurrenz, hat Anteile an einer Fluglinic und vieles mehr.
In jedem Ort ab 5000 Einwohner gibt es mindestens ein Lokal, welches die Live Musik von Carabao spielt und dadurch auch den Namen führt,

Auch Hua Hin hatte so ein Carabao, eine Musikkneipe mit Live Musik im Western Look. Riesige Wagenräder dienten als Dekoration, die Tische waren aus grob geschnittenem Holz, oder ebenfalls aus Wagenrädern mit einer Glasplatte darauf, ebenso die Hocker und Bänke.

Wir gingen nach Feierabend gerne in das Carabao, denn die Musik gefiel uns und man konnte dabei wundervoll abschalten, tanzen und relaxen und sich natürlich auch köstlich amüsieren. Man verlangt keinen Eintritt und die Musiker werden vom Getränkeumsatz bezahlt, die aber nach Deutschem Gesichtspunkt trotzdem relativ preiswert sind.

Bis zu diesem Zeitpunkt kannte ich Ed Carabao noch nicht persönlich, kannte nur seine Musik und ein paar Bilder von ihm.

Eines Tages, es war kurz vor 24 Uhr, Noom und ich saßen im Carabao in der Petchburi Road und ließen uns ein Chang Bier, das Elefantenbier, für welches Carabao auch Werbung machte, schmecken.

Plötzlich ging die Tür auf, ein Mann, in schwarz gekleidet und mit schwarzem Kopftuch in Piratenmanier betrat den Laden. Er hatte einen kleinen Schnauzbart und mitten in der Nacht eine Sonnenbrille auf, sehr schlank mit einem gewinnendem Lächeln.

Er wurde mit lautem Gejohle und Beifall begrüßt. Noom stupste mich von der Seite her an und erklärte mir:

„Das ist Ed Carabao, er hat hier eine Ferienhaus und wenn er nicht auf Konzerttour sondern da ist, besucht er dieses Lokal ab und zu!"

Mit einem Satz sprang die Musiklegende auf die Bühne, hob beide Hände und bedeutete dem anwesenden Publikum still zu sein, weil er etwas sagen wollte:

„Hallo, für alle die mich nicht kennen sollten, ich bin Ed Carabao!"

Lautes Gelächter ob dieses banalen Scherzes hallte durch das Lokal, es war einfach unvorstellbar, Ed Carabao nicht zu kennen, das Nationalidol, den Nationalheld, dann fuhr er fort, zuerst an die Bedienungen gewandt:

„Eine Lokalrunde Bier Chang, da bin ich durch meine Werbung mit einer kleinen Tantieme beteiligt" und dann an den Bassgitarristen gerichtet, nicht bittend, sondern richtig fordernd:

„Gib mir mal Deine Gitarre, dann lass uns den Laden rocken!"

Und schon legte er los, mit seinem legendären Song, Made in Thailand.

Darin geht er mit seinen Landsleuten ziemlich hart ins Gericht, denn er wirft ihnen vor, alle Luxusgüter made in USA zu kaufen oder sonst irgendwo in der Welt zu kaufen, obwohl es doch in Thailand so viele schöne Dinge gibt, die auch dort produziert werden.

Die Quintessenz:

Wenn alle die Sachen Made in Thailand kaufen würden, dann ginge es allen Menschen im Land gut.

Viele der Lieder kannte ich noch nicht, ein Nachbar sagte mir, dass Ed über 400 Lieder aufgenommen habe und fast alle wurden in Thailand zum Nummer 1 Hit.

Zwischenzeitlich reckten die Menschen beim Tanzen ihre Hände nach oben Daumen und kleiner Finger weit ab gestreckt, den Ringfinger, Zeigefinger und Mittelfinger eingeknickt, die Hörner des Büffels, das Zeichen der Carabao Brüder.

Ed Carabao mit mir in Pattaya.

Nach einer halben Stunde gab er dem pausierenden Gitarristen seine Gitarre zurück, bestellte nochmals eine Lokalrunde und verschwand unter tosendem Beifall. Alle im Lokal freuten sich, einen tollen Tag hier erwischt zu haben.

Ein paar Tage später kam er wieder, gleiches Outfit, gleiche Prozedur, fast wie ein Ritual. Nur eines war anders, er hatte bemerkt, dass ein Fallang da war, oder vielleicht auch schon wieder da war.
Deshalb versuchte er mich von der Bühne aus, aus der Reserve zu locken:

Er rief mir auf Englisch zu:
„Hey Fallang, wünsch Dir ein Lied von mir oder muss ich Dir eines von Bob Dylan spielen!"
Zur damaligen Zeit sprach ich schon recht gut Thai also gab ich in seiner Sprache zurück:
„Spiel mir Long Pho Khun, das ist mein Lieblingslied von Dir!"
Dieses Lied ist ein rockiger Lobgesang auf den höchsten Buddha des Landes, zu dem wir in einem späteren Band noch kommen werden. Das Lied fetzt richtig, beginnt mit mehreren Schlägen auf die Pauke und ist auch bei den Thais unheimlich beliebt und wirklich Jeder im Land kennt dieses Lied auswendig (selbst meine Kinder auch der Jüngste, Tommy, mit seinen knapp 11 Jahren).
Ed klatschte in die Hände, reckte den Daumen nach oben, um mir seine Anerkennung für meine Antwort zu zeigen, gab dem Schlagzeuger ein Zeichen, denn der beginnt bei diesem Lied und sagte noch:
„Hey, Du bist gut, sprichst unsere Sprache, kennst meine Lieder, das finde ich wirklich gut!" Dabei reckte er nochmals den Daumen hoch in meine Richtung.
Und dann legte er los. Es war regelrecht ohrenbetäubend, denn alle Besucher des voll besetzten Lokals sangen lauthals mit.

Danach sprang er von der Bühne, ließ sich einen Hocker bringen und setzte sich zu uns an den Tisch. Das muss man sich einfach nur einmal vorstellen, in Deutschland wäre so etwas regelrecht undenkbar, da würden Polizei und Personenschutz regelrecht ausflippen.
Er bestellte drei Bier, grinste breit über das ganze Gesicht.

Jetzt wollte er alles über Noom und mich wissen, erzählte, dass er die einzige Harley Davidson in Thailand fährt, die auf dem Kennzeichen die Nummer 1 hat, dass er mit den Scorpions und auch Bob Dylon befreundet sei und in München, im Olympiastadion schon ein Konzert gegeben hatte, bei dem 50.000 zahlende Besucher anwesend waren, was zum Teil auch daran lag, dass die befreundeten Scorpions mit aufgetreten waren.

Meiner Meinung nach klang das nach einer richtigen Kooperation, denn wenn die Scorpions in Thailand auftraten und das taten sie oft, spielte Carabao als Vorgruppe. Das nennt man Hilfe unter Freunden.

Der Musiker gab nochmals eine Lokalrunde aus, verabschiedete sich und verließ unter tosendem Beifall das Lokal.

Ca. ein Jahr später war er wieder in Hua Hin und was mich total verwunderte, er erkannte mich wieder, winkte mir zu und rief:
„Hey Miken, wir reden nachher wieder!"
Er ist wirklich eine imponierende Erscheinung, auf der einen Seite total bescheiden und auf der anderen bis zum Platzen selbstbewusst und von sich selbst mehr überzeugt, als der amerikanische Präsident..
Diesmal teilte ich ihm mit, dass wir Hua Hin in Richtung Korad verlassen werden.
„Wohin geht ihr da," wollte er interessiert wissen.
Nach Baang Mei, das ist in der Nähe von Soeng Sang," antwortete ich.

„Kenne ich, ich wohne in Khon Buri, das ist nur 30 Kilometer weg, da werde ich Dich mal besuchen, schauen wir mal, ob Du dann auch für mich ein Bier hast!" „Sicher," gab ich zurück und glaubte eigentlich nicht wirklich daran, dass er mich aus Jux und Tollerei besuchen wolle.

Eds Harley, leider ist durch den Blitz das Kennzeichen mit der einzigen Nummer 1 in Thailand nicht sichtbar.

Weit gefehlt, etwa ein halbes Jahr später hörte ich ein donnerndes Geräusch, das sehr an ein etwas größeres Motorrad erinnerte.

Tatsächlich, er war es! Outfit wie immer, schwarzes Piratenkopftuch, schwarze Lederklamotten, Sonnenbrille. Und, wie kann es anders sein, sein Ruf, erst laut hupend und dann:

„Hey Fallang!, Khun Miken!"

Wir feierten das Wiedersehen, ganz Baang Mei war aus dem Häuschen, denn die Buschtrommeln in Thailand sind effektiv und innerhalb von wenigen Minuten stand eine riesige Traube von Menschen rund um unser Haus.

Alle wollten Ed Carabao sehen, das Idol einer ganzen, stolzen Nation.

„Wie hast Du mich den hier gefunden, Du hattest doch nur Soeng Sang, die Amphoe (Bezirksstadt) von mir bekommen, da ich ja die Adresse selber noch nicht wusste!"

„Hey wirklich, so viele Fallangs gibt es hier nicht und schon gar nicht, die Miken heißen. Im Übrigen, Du bist bekannt wie ein bunter Hund es wäre eine Kunst, Dich nicht zu finden!"

Dann durfte ich mit meiner kleinen Kawasaki, 175 ccm eine Motorradtour machen, aber das ist schon wieder Stoff für eine neue Geschichte, es war auf jeden Fall ein beeindruckendes Erlebnis und sicherte mir Respekt und Anerkennung im Ort und weit darüber hinaus.

Als dann Toni in die Schule kam zogen wir nach Bangkok, denn die Schulen in der Provinz leisten zwar unbestreitbar einen guten Dienst, aber wenn der Englischlehrer kein

einziges Wort Englisch spricht, weil er ja ein Buch hat,
dann genügt das meinen Ansprüchen nicht.
So verlor ich aber Ed für einige Jahren aus den Augen,
sah ihn zwar auf immer wieder einmal auf mehreren
Konzerten, aber da kam ich beim besten Willen einfach
nicht an ihn heran.
Die Security, die hinter der Band steht, schirmt die 10
Musiker, davon 6 Brüder, eben die Carabaos genannt,
hermetisch ab.

Irgendwann, es muss so um 2006 herum gewesen sein,
da hatte er gerade die Lippofabrik Kratin Daeng gekauft
und er zog durchs das Land, um dafür kräftig die
Werbetrommel zu rühren.

Die wenigsten Menschen, die sich Red Bull reinziehen
wissen, dass Red Bull zunächst einmal ein thailändisches
Patent ist.

Ich war mit meiner Familie in Pattaya, da meine Kinder
dieses Seebad lieben und dort sehr gerne im meiner
Meinung nach eigentlich extrem dreckigen Meer
schwimmen. Aber es gibt da auch einige, bei Kindern sehr
beliebte Attraktionen, wie zum Beispiel Ripleys Believe it,
or not, wo wirklich der Teil eines Flugzeuges in die Mauer
betoniert wurde und es sieht aus, als wäre es gerade eben
da hineingeflogen.
Die Geisterbahn, mit lebenden Geistern zum darin
herumlaufen, sehr gut und gruselig gemacht. So
dämonisch, dass Tina die gesamte zweite Etage im Royal
Placa meidet und selbst schon im Erdgeschoß, bei Mac
Donald vor Angst schlottert. Aber hin müssen wir!

Ed in Action auf der Bühne

Dann ein Lautsprecherwagen, davon gibt es in Thailand annähernd unendlich viele. Alles was man vermarkten oder bekannt machen kann, läuft über diese Fahrzeuge. Mit laut dröhnender Musik von Carabao fuhr er an der Beach Road am Strand vorbei, dann die Stimme von Ed, dass er um 16 Uhr an der Soi 5 in Jomtien Autogramme geben werde.

Ich hatte das eigentlich gar nicht so mitbekommen, weil ich bei diesen Reklamefahrzeugen meine Ohren grundsätzlich auf Durchzug schalte, dafür gibt es einfach zu viele, aber Noom hatte es gehört, sie ist einfach eine phänomenale Ehefrau und weiß immer und in jeder Situation was zu tun ist. Außerdem hat sie Ohren wie ein Luchs und Augen wie ein Adler:

„Hast Du gehört, Ed ist hier, er gibt Autogramme!"

„Wie?"

„Hast Du den Lautsprecherwagen nicht gehört, Ed kommt, Du bist doch sein Freund und wenn er Autogramme gibt, dann kommst Du auch an ihn heran!"

Das war rundum so logisch, dass man es zunächst einmal so einer Thai nicht zutrauen würde.

Wir gingen in das Hotel, zogen uns um, die Kinder waren schon ganz aufgeregt, vor allem meine drei T, Tommy, Tina und Tony. Ed Carabao, das große Idol, welches es geschafft hat, alle Generationen Thailands in purer Eintracht um sich zu scharen.

Von Pattaya nach Jomtien ist es nicht weit, einmal über den Hügel, knapp 5 Kilometer. Der Strand dort ist schöner und wesentlich sauberer als im berühmten Seebad und vor allem mindestens vier Kilometer lang, aber ansonsten ist dort relativ wenig los. Einige Klamottenläden, Pensionen und Fressbuden, das war es.

An der Soi 5, eine elend lange Schlangen, alle wollten ein Autogramm. Ed saß in einem kleinen, weißen Pavillionzelt an einem Biertisch, auf der linken Seite der dortigen Beach Road und signierte Karten und T-Shirts, auch wir

41

kauften für uns und die Kinder ein weißes Shirt mit seinem Konterfei, schließlich sind wir ja respektable Fans.

Dann standen wir vor ihm, ich sagte:
„Hey Ed!"
Er blickte auf, sah mich, sprang von seinem Stuhl auf, kam um den Tisch herum und nahm mich in den Arm:
„Miken, ich habe so oft versucht dich in Baang Mei zu besuchen, Du hast da zwar immer noch Dein Haus, aber da wohnt bloß die Oma drin, wo steckst Du?"
„Ich bin mit der Familie nach Bangkok, besser gesagt Pathumthani gezogen, einfach weil dort die Schulen besser sind!"
Mittlerweile hatte er wieder Platz genommen, um weiter Shirts zu signieren, nebenbei unterhielten wir uns:
„Warum hast Du mir nicht gesagt dass Du in Bangkok nach Bangkok gegangen bist?"
„Weil Du mir nie Deine Telefonnummer gegeben hast, die hältst Du so geheim, wie der amerikanische Präsident seinen Atomraketen Code, aber die Oma hätte gewusst, wo ich bin!"
So ging das etwa 15 Minuten, dann kam der örtliche Harley Club, bei dem Ed ziemlich stark involviert ist und fast bei allen Veranstaltungen eine gewichtige Nummer schiebt, darum sagte er zum Abschied:
„Gib mir Deine Adresse, wir treten demnächst im Country Place auf, das gehört zum Future Park an der Rangsit, dafür schicke ich Dir Freikarten!"

Ich dachte wirklich an nichts Böses, aber etwa zwei Wochen später kam tatsächlich ein Brief mit zwei Freikarten für das Carabao Konzert im Country Place, ohne Begleitschreiben, einfach nur zwei Karten für einen Tisch auf der Empore, wir dachten immer noch an nichts Böses.

Eigentlich heißt es German Country Place, es ist eine beeindruckende Musikhalle, die ca. 2500 Menschen fasst. Goong, der Besitzer braut sein eigenes Bier, dafür hatte er sich extra einen Deutschen Braumeister aus München einfliegen lassen und das Weizenbier dort ist eines der besten Weizenbiere überhaupt. Eigentlich ein Bananenweizen, aber das schmeckt man beim besten Willen nicht heraus. Man bekommt 0,5 Liter im Glas, 1 Liter im Jug, was nichts anderes als ein Krug ist und dann 2 Liter und 5 Liter zum selbstzapfen in der geeisten Glassäule, auch ein Erlebnis der besonderen Art. Die Bedienungen kommen alle 2 Minuten und schenken nach, Umsatz ist wichtig, denn für die normale, abendliche Show wird kein Eintritt verlangt,
Die Bühne ist riesig, etwa 25 Meter lang und mindestens 10 Meter tief. Dort läuft jeden Abend eine Show, die absolut sehenswert ist und von 19 Uhr bis 2 Uhr Nachts geht. Thai Musik, traditionelle Thai Musik, internationale Musik, sowie Show- und Kabaretteinlagen vom wirklich Allerfeinsten. Diese Show ist alleine einen Besuch Thailands wert.

Shows von großen Künstlern wie eben Ed, Ginthala, Goth oder Meiko beginnen normalerweise erst um 24 Uhr, das Showprogramm wird dazu drastisch verkürzt.
Wahrscheinlich freuen sich die Künstler darüber, dass sie dann einmal früher Feierabend haben.

Das Country Place war voll, doch wir hatten tatsächlich die besten Plätze bekommen, auf der Empore, zentral zur Bühne mit bester Aussicht auf das Geschehen unten, direkt an der Balustrade.

Wir ahnten immer noch nichts Böses.

Punkt 12 Uhr Nachts ging es los, zuerst mit Sao beer Chang, dem Song, mit dem es Ed Carabao tatsächlich im Jahr 1998 geschafft hatte, der damals führenden Singha Brauerei innerhalb eines halben Jahres, 85% Marktanteile abzunehmen.
Die hatten Ed 2 Jahre lang belächelt und bis sie richtig aufwachten, hatte Chang das Geschäft in der breiten Masse übernommen.

Nach etwa einer halben Stunde nahm Ed das Mikrofon in die Hand und rief:
„Ich bitte doch meinen Freund, den Fallang Khun Miken auf die Bühne!"

Das war das Letzte. Ich hatte gar keine Lust, sein Maskottchen zu spielen und in der Regel laufen diese Dinge in Thailand immer auf Verarsche hinaus, um das Publikum zu amüsieren, das wollte ich mir nicht antun, also blieb ich ruhig sitzen und tat so, als ob ich nichts gehört hätte.

Die Scheinwerfer drehten sich in unsere Richtung, strahlten Noom und mich voll an, Ed wusste ja, welchen Tisch wir hatten, er hatte die Plätze selbst ausgesucht, aber alle wussten jetzt, wen er meinte.

Trotzdem rührte ich mich nicht von der Stelle.

Noch einmal die Aufforderung, dieses Mal in englischer Sprache.

Dann forderte er seinen Bruder, genannt Carabao lek (der kleine Carabao) auf:

„Ich glaube der traut sich heute nicht, hol ihn doch her, ich möchte meinen Freund den Menschen hier vorstellen."
Und Lek kam, er ist etwa fünf Jahre jünger als Ed, etwas kleiner und hat einen gezwirbelten Schnauzbart.
Er kam genau zu unserem Tisch, die Scheinwerfer voll hinter ihm her bis zu uns und dann auf uns gerichtet, wie peinlich.
Dann nahm er meine Noom bei der Hand, die genoss das richtig denn sie fühlte sich in diesem Augenblick als etwas ganz besonderes und er wusste das ganz genau, wenn die mitging, dann konnte ich gar nicht anders, sonst hätte ich Noom bis auf die Knochen blamiert..

So musste ich auf die Bühne, Ed legte seinen Arm freundschaftlich auf meine Schulter und erzählte:

„Das ist mein Freund Miken und seine Frau, ein Fallang aus Deutschland. Yörroman, da wo Bayern München spielt.

Er wohnt in Thailand und arbeitet in Deutschland, weil man dort mehr Geld verdient, aber das ist immer noch so wenig, dass er sich kein vernünftiges Motorrad leisten kann!"

Lautes Gelächter von zweitausendfünfhundert Thais, die sich vor Vergnügen auf die Schenkel klopften. Ich stand, wie der sprichwörtlich begossene Pudel da, mit hochrotem Kopf, genau wissend, das er auf meine bescheidene, kleine Kawasaki Boss anspielte, die in meinen Augen alle Eigenschaften hatte, die ein Motorrad haben muss aber in seinen Augen nur ein Moped war.

Es war auf jeden Fall das letzte Konzert von Ed, welches ich mit Freikarten besucht habe. Er soll künftig besser nicht wissen, wenn ich im Publikum sitze.

Nachwort

Ich werde in nächster Zeit mehrere, dieser kleinen Bände herausbringen. In der gedruckten Version sind die Bilder schwarz – weiß und in der E-book Version in Farbe, wir wollen die Serie mit den Kurzgeschichten möglichst preiswert gestalten.
Das Buch, auf welches sich die Kurzgeschichten beziehen, ist:

Willkommen Daheim
Autor: Michael Ritter (Khun Miken)

ISBN Nr. 978-3-7322346-4-6

Ebenfalls erschienen bei: Books on Demand Hamburg